# Un Mécontent

MONOLOGUE

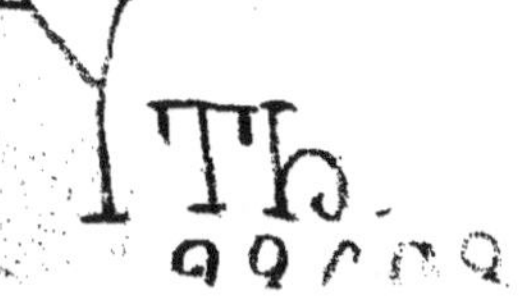

# ALPHONSE ALLAIS

# Un Mécontent

## MONOLOGUE

DIT PAR

## COQUELIN CADET

de la Comédie-Française

PARIS

## PAUL OLLENDORFF, ÉDITEUR

28 *bis*, RUE DE RICHELIEU, 28 *bis*

1889

Tous droits réservés.

# UN

# MÉCONTENT

L'homme qui, sur le trottoir, attendait l'omnibus Batignolles-Clichy-Odéon en même temps que moi, certainement je le connaissais, mais où l'avais-je vu, et comment s'appelait-il ? Cruelle énigme !

Sans être un jeune homme, c'était un homme jeune encore.

Ses traits, ses façons, toute son allure indiquaient un personnage inquiet, susceptible et ronchonneur.

Enfin l'omnibus arriva.

A l'appel des numéros, la foule se rua, pataugeant dans la boue qui, ce jour-là, couvrait

Paris de son manteau fluide et particulière-
ment copieux.

Le 7, le 8, le 9 montèrent.

L'homme jeune encore, porteur du n° 10,
grommela des paroles de désappointement qui
se conclurent par un cri de : *Vive Boulanger !*

— Allons ! bon, pensai-je, un mécontent !

Nouvelle attente, nouvel omnibus, nouveau
pataugeage.

Cette fois-ci, nous pûmes monter sur la
plate-forme, mon provisoire inconnu et moi.

Je payai ma place au moyen de trois décimes
de bronze.

L'homme en fit autant à l'aide d'une pièce
de 2 francs, sur laquelle le conducteur lui ren-
dit une somme de 1 fr. 70 exclusivement com-
posée de monnaie de billon.

— Que voulez-vous que je fasse de toute
cette mitraille ? s'écria l'homme, exaspéré.

— Je regrette beaucoup, répondit le conducteur avec une courtoisie qu'on a peu coutume
de rencontrer chez cet ordre de fonctionnaires,
mais je n'ai pas une seule pièce blanche dans
ma sacoche.

Toujours grommelant, l'homme distribua ses trente-quatre sous dans des poches différentes et poussa un second cri de : *Vive Boulanger !*

A ce moment, il m'aperçut, me reconnut et serra ma main avec les signes extérieurs de la plus vive allégresse.

— Je suis sûr que tu ne me reconnais pas ? fit-il.

— Si, si, mais je ne me rappelle pas bien....

— Je l'aurais parié !... Il n'y a qu'à moi que cela arrive. Je reconnais tous mes amis, et pas un seul de mes amis ne me reconnaît... Vive Boulanger !

Il se décida à se nommer : Fortuné Bidard, et tout de suite je reconnus mon vieux camarade de collège.

Fortuné Bidard ! Si jamais un nom s'applique mal à une personnalité, c'est bien celui-là.

Dès sa plus tendre enfance, la vie ne fut pour lui qu'une perpétuelle récolte de guignes, qu'une forêt de gaffes, qu'un ouragan de pensums immérités.

Chaque journée se marquait par un épisode

malencontreux survenu à Bidard : en classe, dans la rue ou dans sa famille.

Excellent élève, il n'arrivait jamais à décrocher le plus petit prix ou le moindre accessit.

C'est à croire qu'une légion de mauvais petits démons tourbillonnait autour de Fortuné, s'ingéniant à faire rater ses pauvres entreprises.

Une aventure, entre autres :

Un jour, on faisait une composition de mathématiques pour le concours général. Fortuné travaillait avec un acharnement mêlé de joie. Évidemment, ça marchait bien.

Tout à coup, Bidard s'essuya le front et se frotta les mains d'un air absolument satisfait.

— Tu as fini ? lui demandai-je à voix basse.

— Oui, je n'ai plus qu'à mettre au net... Épatant, mon cher, je n'ai pas manqué un problème.

Puis, avant de recopier sa composition, il leva le bras droit et fit claquer ses doigts. Le pion comprit et voulut bien acquiescer.

L'absence de Bidard fut courte.

Il revint à la hâte, ajustant ses bretelles, s'assit à sa place et poussa un grand cri qui nous alla droit au cœur.

Parmi les papiers qu'il avait emportés, vous savez où, se trouvaient les feuillets du fameux brouillon si réussi.

Allez donc le chercher, maintenant ! Bien entendu, le temps lui manqua pour refaire sa composition et, encore une fois, un joli prix de mathématiques lui passa sous le nez.

Infortuné Bidard ! Il m'apprit que la chance avait continué à lui tourner le dos avec la même obstination.

— Rien ne me réussit, mon pauvre ami. J'ai travaillé comme un nègre et j'ai eu toutes les peines du monde à passer mes examens. Et tu veux que je sois content ? Allons donc !... Vive Boulanger !

— Vive Boulanger !

— Et les femmes, donc ! C'est encore ça qui me réussit ! Je ne te parlerai pas de mes débuts en matière de femmes, je te ferais dresser les cheveux sur la tête. Mais dernièrement, j'avais une petite bonne amie, bien gentille, bien douce et que je croyais fidèle. Elle s'appelait Caroline. Un jour, j'arrive seul au café, où nous avions l'habitude d'aller, Caroline et moi. Un de mes amis me demande : « Qu'est-ce que tu as donc fait de Caroline? » Je ne sais pas ce qui me passe par la tête, je veux faire une blague et je lui réponds : « Caroline, je l'ai lâchée! » Alors, lui, me serre la main et me dit : « Eh bien, mon vieux, je te félicite de t'être débarrassé de cette petite grue qui t'a trompé avec tous tes amis, sans compter les indifférents. » Je me suis informé : c'était vrai. Et tu veux que je sois content?... Allons donc! ..... Vive Boulanger!

— Vive Boulanger!

— Mais, je vais te quitter... Imagine-toi que je vais faire ma première visite à ma fiancée, une personne charmante, la fille d'un marchand de stores de la rue Richelieu... Je ne sais pas, mais j'ai comme un pressentiment qu'il va m'arriver quelque chose d'ici là. Nous voilà presque arrivés... Tiens, c'est là. Au revoir!

— Au revoir!

Fortuné Bidard me serra la main et descendit.

Il descendit même beaucoup plus bas qu'il ne le souhaitait, car je le vis s'étaler, de tout de son long, sur le sol qui, ce jour-là (je vous l'ai déjà dit), s'enduisait d'une jolie boue bien grasse, bien noire et bien surabondante.

Bidard se releva furieux, et l'omnibus était déjà arrivé à la hauteur de la Bibliothèque Nationale, que j'entendais encore des cris de : *Vive Boulanger!*

— Vive Boulanger! répétai-je apitoyé.

# MONOLOGUES

**Célèbres** (les), monologue comique, par Georges Feydeau, dit par Coquelin cadet, de la Comédie-Française. In-18.    1   »

**C'est la Faute au Sillery,** monologue en vers (avec illustrations de E. Klips), par A. Desmoulin, dit par Berthelier. In-18. . . . . . . . . . . . . . . . . . . . . . . . . . . . . . . . 1 50

**Lettre de Toto** (la), monologue en vers, par Henri Meilhac, dit par Mme Céline Chaumont, du théâtre des Variétés, et par Mlle Gabrielle Réjane, du théâtre du Vaudeville. — Illustrations par B. Borione. . . . . . . . . . . . . . . . . . 1   »

**Lettre Rose** (la), monologue, par Alphonse de Launay, dit par Marguerite Conti, du théâtre de la Renaissance. In-18.    1   »

**Lunettes de ma Grand'Mère** (les), monologue en vers, par H. Montapon, dit par Mlle Reichenberg, de la Comédie-Française. In-18. . . . . . . . . . . . . . . . . . . . . . . . . . 1   »

**Madame la Colonelle,** monologue en prose, par Bridier et Edouard Philippe, dit par Mme Suzanne Lagier, du théâtre de la Porte-Saint-Martin. 3e édit., in-18. . . . . . . . 1   »

**Maman !** naïveté en vers, par Paul Roux, dite par Mlle Hamann, du théâtre de l'Opéra. In-18. . . . . . . . . . . 1   »

**Microbes** (les), monologue, par Maurice Millot. In-18.    1   »

**Minet,** monologue en vers, par F. Bessier, dit par E. Bonheur. In-18 . . . . . . . . . . . . . . . . . . . . . . . . . . . . . . . 1   »

**Moine** (le), monologue, par Jean Nicolaï, dit par Mme Anna Judic, du théâtre des Variétés. 2e édition, in-18. . . 1   »

**Mon Duel,** scène-monologue, par Paul Nas, avec de nombreuses illustrations dans le texte. In-18 . . . . . . . . 1   »

**Monologue** (le), monologue en prose, par E. Bourrelier, dit par de Feraudy, de la Comédie-Française. In-18. . . 1   ».

**Monologues comiques et dramatiques,** par E. Grenet-Dancourt. 4e édition, 1 volume grand in-18. . . . . . . 3 50

**Monologues et Récits,** par Émile Boucher et Félix Galipaux. 1 volume in-18. . . . . . . . . . . . . . . . . . . . . . . 2   »

**Mon Parapluie,** monologue en vers, par Élie Frébault, dit par Félix Galipaux, du Palais-Royal. In-18. . . . . . 1   »

**Monsieur mon Parrain,** saynète, par J. Legoux, jouée par Mlle Durand, de la Comédie-Française. In-18. . . . . . 1   »

**Mouche** (la), monologue en vers, par E. Guiard, dit par Coquelin aîné, de la Comédie-Française. 23e édition, in-8o.   1   »

**Mouchoir** (le), monologue en vers, par G. Feydeau, dit par Félix Galipaux. In-18. . . . . . . . . . . . . . . . . . . 1   »

**Moyen de rester Fille** (le), fantaisie en vers, par V. Revel, dite par Mlle G. Réjane, du Théâtre des Variétés. . . 1   »

Paris. — Typ. G. Chamerot, 19, rue des Saints-Pères. — 24818